Kertu Sillaste

ARTIST
YDW I

GRAFFEG bach

Fy enw yw Gwyn.
Artist ydw i.

HUNANBORTREAD

HUNANBORTREAD

4

Kertu Sillaste

ARTIST
YDW I

Mae'r llyfr hwn yn eiddo i:

_____

_____

_____

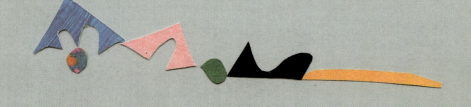

HUNANBORTREAD

HUNANBORTREAD

Mae artist yn meddwl, yn darlunio ac yn peintio ac yn gludo ac yn braslunio ac yn ffurfio ac yn tynnu ffotograffau ac yn ffilmio ac yn ystyried ac yn adeiladu ac yn crynhoi.

5

Rwy'n credu mai'r peth mwyaf pwysig wrth greu celf yw

SYNIAD DA.

Mae syniad da yn dod pan fyddwch yn mynd i nôl papur a phaent.

Mae syniad da yn dod pan fyddwch yn dechrau dychmygu pethau.

Mae syniad da yn dod pan fyddwch yn edrych ar gelf.

Ac weithiau mae syniad da yn dod beth bynnag, heb wybod sut nac o ble mae'n dod.

Mae yna bob math o feddyliau.

Fe fydda i'n tynnu lluniau o ddim byd ond cysgodion.

Fe fydda i'n darlunio byd lle nad oes dim fel y mae yn y byd go iawn.

Fe fydda i'n rhoi dillad ar gadeiriau.

Fe fydda i'n peintio golygfa newydd ar ffenestr.

Fe fydda i'n darlunio popeth drwg yn y byd ac yna'n ei ddileu.

Fe fydda i'n casglu modrwyau o lwch mewn blwch a gwneud cerflun mawr, meddal, llwyd ohonyn nhw.

Fe fydda i'n adeiladu tŵr mor uchel ag y gallaf o bopeth sydd gen i.

Fe fydda i'n gwneud fideo gwyrdd.

Fe fydda i'n lapio popeth mewn ffoil.

Fe fydda i'n gwneud ôl troed hir, troellog yn y borfa.

Mae rhai syniadau mor dda nes bydda i'n dechrau gweithio arnyn nhw ar unwaith.

Un tro fe welais fod
celf yn gêm.

COFEB I NAIN

CELF
CELF
CELF

COFEB I TAID

Fe fydda i'n cymryd darn o'r fan
yma a darn o'r fan draw, eu
cyfuno yn fy ffordd fy hun a
Wham! Parod!

MODRYB ANN

YMERAWDWR, DRUAN

Bryd arall roeddwn yn meddwl bod

celf yn benbleth.

Beth all fod yn y llun hwn?

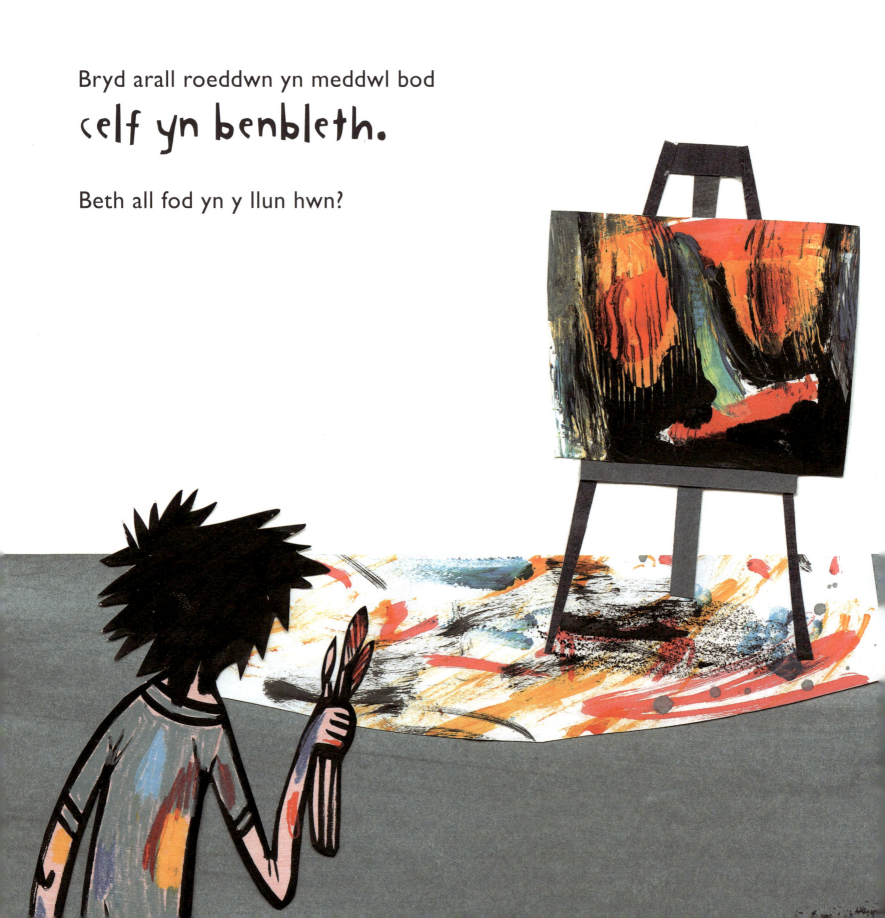

Pam rydw i'n hoffi'r
lluniau hyn cymaint?

13

Ond ddoe roeddwn yn teimlo bod
celf yn ddarganfod

YSGUB

CRÊYR

14

ac adnabod.

O! Mae hwn yn ddigon twt.

KOEDWIG

TARW FFYRNIG

GAFR

CAEL OFN MEWN CWCH

CARW'N HELA

Weithiau fe fydda i'n meddwl mai

celf yw adrodd storïau drwy luniau.

Mae rhai lluniau'n dangos beth sy'n poeni'r artist. Mae rhai lluniau'n dangos beth sy'n gwneud yr artist yn hapus.

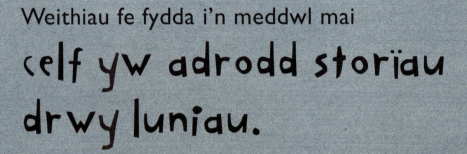

Mae'n cŵl iawn pa fydd
celf yn ein synnu.

Ta-dah!
Dydych chi erioed wedi gweld
rhywbeth fel hyn o'r blaen!

Mae gan artist
lawer o syniadau.

Rydw i am adeiladu coed
newydd ar fonion yn
y goedwig.

Rydw i am wneud
cerfluniau mor fawr â thai
ſydd yn medru teithio
ar y ffordd.

Rydw i am greu lliw newydd a pheintio wynebau yn yr awyr.

22

Rydw i am ddyfeisio clai newydd a throi'r hen gerflun acw o ddyn ar gefn ceffyl yn rhywbeth digri a lliwgar.

Dydy hi ddim yn bosib gwneud pob syniad yn real. Ond beth yw'r ots? Mae'n hwyl dim ond meddwl.

Dydy gwneud celf ddim bob
amser yn hawdd. Ddoe tynnais
lun o bron i gant o deigrod

a hyd yn oed wedyn doeddwn
i ddim yn hollol fodlon.

Ond bore drannoeth…

Fe gaf gynnig arall.

29

Byddaf yn ddewr a dangos fy ngwaith i bobl eraill, hyd yn oed i fy mrawd mawr. Byddaf yn gofidio braidd a fydd yn deall beth wnes i, neu'n chwerthin.

WEDI DISGYN O'R LLEUAD

DEINOSOR

30

Fe fyddaf yn falch os
bydd yn ei hoffi. Mae angen
canmoliaeth ar artist.

Dyma fi, Gwyn.
Rydw i'n meddwl ei bod hi'n wych bod yn artist
oherwydd mae yna bob math o gelf, a gallwch wneud
celf mewn llawer ffordd wahanol.

Artist ydw i

Cyhoeddwyd ym Mhrydain Fawr yn 2021 gan Graffeg.

Ysgrifennwyd, darluniwyd a dyluniwyd gan Kertu Sillaste hawlfraint © 2021. Dyluniwyd a chynhyrchwyd gan Graffeg Cyf hawlfraint © 2021. Cyfieithwyd gan Adam Cullen a Mary Jones.

Graffeg Cyf, 24 Canolfan Busnes Parc y Strade, Heol Mwrwg, Llangennech, Llanelli, Sir Gaerfyrddin SA14 8YP, Cymru. Ffôn: 01554 824000. www.graffeg.com

Mae Kertu Sillaste drwy hyn yn cael ei gydnabod yn awdur y gwaith hwn yn unol ag adran 77 o Ddeddf Hawlfreintiau, Dyluniadau a Phatentau 1988.

Mae cyhoeddi'r llyfr wedi ei gefnogi gan Waddol Diwylliannol Estonia a Chyngor Llyfrau Cymru.

ISBN 9781914079924

1 2 3 4 5 6 7 8 9